13,95

Het geheim van de gemaskerde mannen

PSSST! Ken jij deze GEHEIM-boeken al?

Het geheim van de verdwenen dieren
Het geheim van Anna's dagboek
Het geheim van de struikrovers
Het geheim onder het bed
Het geheim van de ontvoering
Het geheim van Zwartoog
Het geheim van de raadselbriefjes
Het geheim van de verdwenen muntjes
Het geheim van de boomhut
Het geheim van kamer 13
Het geheim van het Kruitpaleis
Het geheim van het spookrijm
Het geheim van de roofridder
Het geheim van de riddertweeling
Het geheim van de gemaskerde mannen
Het geheim van de snoepfabriek
Het geheim van het gat in de dijk
Het geheim van het spookhuis
Het geheim van de maffiabaas
Het geheim van de nachtmerrie
Het geheim van de ruilkinderen
Het geheim van de schatrovers
Het geheim van het boze oog
Het geheim van de hulpsinterklaas
Het geheim van de dieventekens
Het geheim van de vleermuisjager
Het geheim van het zeehondenjong
Het geheim van de circusdief
Het geheim van de goochelaar
Het geheim van de smokkelbende
Het geheim van de stoere prinses
Het geheim van ons vuur

Heb jij een spannend idee voor een boek? Doe mee op
www.geheimvan.nl of **www.leesleeuw.nl**

Reggie Naus

Het geheim van de gemaskerde mannen

Met tekeningen van Saskia Halfmouw

LEOPOLD / AMSTERDAM

De Nederlandse
Kinderjury
2011
©CPNB

AVI 9 / E6

Eerste druk 2010

© 2010 tekst: Reggie Naus

© 2010 illustraties: Saskia Halfmouw

Omslagontwerp: Rob Galema

Uitgeverij Leopold bv, Amsterdam / www.leopold.nl

ISBN 978 90 258 5572 7 / NUR 282

Mixed Sources
Productgroep uit goed beheerde bossen
en andere gecontroleerde bronnen.
www.fsc.org Cert no. CU-COC-803902
© 1996 Forest Stewardship Council

Uitgeverij Leopold drukt haar boeken op papier met het FSC-keurmerk.
Zo helpen we waardevolle oerbossen te behouden.

Inhoud

Gevaar op de Veluwe 7
Onwelkom bezoek 11
De roverhoofdman 22
Het Berkenhuis 31
De gemaskerde mannen 41
De soldaten 54
Wachten op de rovers 61
Nacht in het Berkenhuis 71
Een deftige heer 79

Het geheim van Reggie Naus 82

Gevaar op de Veluwe

Stef zat op de kar van zijn vader, de teugels stevig in zijn handen geklemd.

Voor hem uit sjokte het paard over het bevroren pad. Stef had eerder die dag een paar vaten bier afgeleverd, en nu was hij op weg naar huis.

Om hem heen strekte de Veluwe zich uit zover het oog kon reiken. Lichtbruine heide, hier en daar afgewisseld met een bosje. Het was erg stil. De enige geluiden die hij hoorde, waren het gerammel van de kar en zo af en toe het gekras van een kraai.

Stef bereikte een kruising van twee zandwegen en draaide linksaf, in de richting van de herberg.

In de verte stak de oude molen dreigend boven de bomen uit.

Hij moest even rillen toen hij het gebouw zag. In het zwakke licht leek het op een reus die met uitgestrekte armen de wacht hield over de heide. Hij had de molen altijd al een beetje eng gevonden.

Stef had zo gespannen naar het gebouw zitten kijken, dat hij pas op het laatste moment merkte dat er iemand op het pad stond.

Gelukkig was het paard slim genoeg om niet over de jongen heen te lopen. Het dier bleef boos hinnikend stilstaan.

Stef keek verbaasd naar de jongen die het paard nu een

aai over zijn neus gaf. Hij was ongeveer even oud als hijzelf. Hij had oude lompen aan die met kleurige lappen aan elkaar genaaid waren. Hij droeg een hoed met een grote veer, die hij nu afnam.

'Een goedendag toegewenst!' zei hij. En hij maakte een korte buiging waardoor zijn halflange donkere haren in zijn gezicht vielen.

Stef zag nu pas dat de jongen donkere kringen onder zijn ogen had, en ingevallen wangen.

'Goedendag,' antwoordde hij aarzelend. Hij keek om zich heen. Er was verder niemand in de buurt. 'Kan ik je ergens mee helpen?'

De jongen zette zijn hoed op en begon het paard weer over zijn neus te aaien. 'Nu je het zegt,' zei hij. 'Ik rammel van de honger. Heb je misschien iets te eten bij je?'

Stef had zoiets al verwacht. Er trokken wel vaker bedelaars over de Veluwe. De mensen hadden weinig met hen op. Ze werden dieven genoemd, of zelfs tovenaars. Een heleboel boeren stuurden de hond op hen af, of bedreigden hen met hun jachtgeweren.

Maar Stef had niets tegen bedelaars en landlopers. Hij had zich zelfs wel eens afgevraagd hoe het zou zijn om de wereld door te trekken en nooit meer klusjes te hoeven doen voor zijn ouders. En hij geloofde ook niet dat ze konden toveren. Iemand die kon toveren, hoefde toch zeker niet te bedelen?

Hij overwoog heel even om de jongen zijn laatste boterhammen te geven, maar herinnerde zich toen dat hij die onderweg al had opgegeten.

'O, ik weet wat je denkt,' zei de bedeljongen. 'Waarom

zou ik die ongewassen bedelaar eten geven?'

'Nee,' begon Stef, 'Dat is nie...'

Maar de jongen onderbrak hem. 'Ik werk voor mijn brood! Verhalen vertellen, bijvoorbeeld. Ik zit vol verhalen. Overal ben ik geweest, en overal heb ik mijn verhalen verteld. Vorige week stond ik nog voor de koning van Frankrijk! Of ik kan een liedje voor je spelen op mijn viool! De snaren zijn helaas gebarsten, maar ik kan er zo goed bij fluiten dat het lijkt alsof ik echt speel!'

Stef schoot in de lach. 'Dat zou leuk zijn, maar ik heb

mijn laatste boterhammen al opgegeten,' zei hij.

De jongen keek hem even aan, alsof hij wilde zien of Stef de waarheid sprak.

Toen knikte hij. 'Jammer dan. Misschien kan ik later een konijntje vangen.'

Stef keek nerveus om zich heen. Het begon donker te worden. 'Blijf je hier op de heide overnachten?' vroeg hij.

De jongen grinnikte. 'Ik ben eraan gewend.'

Hij liep naar Stef toe en stak zijn hand uit. 'Ik ben Marko,' zei hij.

Stef schudde voorzichtig zijn hand. 'Ik ben Stef.'

'Aangenaam kennis te maken.' Marko draaide zich om en liep vanaf het pad de heide op. 'Misschien komen we elkaar nog wel eens tegen.'

Toen Stef hem weg zag lopen wilde hij hem naroepen op te passen voor de rovers. Maar hij bedacht zich net op tijd dat niemand veiliger was voor rovers dan iemand die helemaal niets had.

Hij bracht de kar weer in beweging en hoopte dat hij voor het donker thuis zou zijn.

Even keek hij over zijn schouder om te zien waar Marko naartoe liep, maar de jongen was in het niets verdwenen. De heide was stil en verlaten.

Een rilling liep over zijn rug. Zouden landlopers dan toch kunnen toveren?

Onwelkom bezoek

Stefs moeder stookte het vuur in de grote stenen haard op en liep terug naar de toog, waar ze verder ging met het afspoelen van de bierkroezen.

Stef liep met een doek in de hand door de gelagkamer en veegde de houten tafels schoon.

Een vlaag ijskoude lucht blies de herberg binnen toen de deur openging en zijn vader binnenkwam.

Wolken zand dwarrelden om hem heen en bedekten de tafels die Stef net had schoongeveegd.

'Het zand rookt,' zei Stefs vader nors. 'Het gaat stormen vanavond.'

Als het zand rookte, raasde de wind zo hard over de heuvels, dat het zand in wolken werd meegevoerd.

Stef zuchtte en begon de tafels opnieuw schoon te maken.

'Waarom moet ik eigenlijk nog steeds elke dag de tafels schoonmaken?' vroeg hij aan zijn moeder. 'Er komen toch bijna geen gasten meer.'

Zijn moeder keek hem even boos aan en hij slikte zijn woorden in. Zijn ouders vonden het niet leuk om eraan herinnerd te worden dat de zaken slecht gingen.

Vroeger kreeg de herberg erg veel gasten. Bijna alle koetsen die op de eenzame weg voorbijkwamen, stopten even bij de herberg. De koetsiers konden dan hun paarden verzorgen en voor de reizigers was het prettig om even van de warmte te genieten en wat te eten.

Maar de laatste tijd werd het steeds minder druk in de herberg. Dat kwam door de rovers.

Het was tegen het einde van de zomer begonnen, toen een afgelegen boerderij aan de andere kant van de Veluwe was overvallen.

Een grote groep mannen was midden in de nacht vanuit het niets opgedoken en had alles van waarde meegenomen.

De Veluwenaren hadden hun hoofden geschud en waren verdergegaan met hun levens.

Zoiets gebeurde nu eenmaal. Waar iets te halen viel, werd wel eens gestolen.

Maar toen de herfst begon en de nachten langer werden, kregen steeds meer boerderijen nachtelijk bezoek.

De mensen werden banger en al snel begon het gerucht de ronde te doen dat de rovers konden toveren. Misschien kregen ze wel hulp van de duivel!

Waarom zou de landheer anders zo veel moeite hebben om ze te pakken te krijgen?

Een paar weken geleden hadden de rovers voor het eerst een koets overvallen op de eenzame zandweg naar Arnhem.

Dat was de schurken blijkbaar wel bevallen, want sindsdien was geen koets meer veilig.

De meeste koetsiers zaten nu gewapend op de bok en er durfden nog maar weinig mensen over de Veluwe te reizen. Voor de ouders van Stef was dat een ramp, want ze verdienden steeds minder geld.

Toen de zon die avond onderging, begon de wind harder rond de herberg te waaien en in de verte rommelde de donder.

Stef had alle luiken stevig dichtgemaakt en zat nu in de schemerige gelagkamer te eten.

Er waren de hele avond nog geen koetsen voorbijgekomen, maar er zaten altijd wel een paar vaste gasten in de herberg. Stropers en een paar oude mannetjes die graag roddelden bij de haard met een pot bier in hun handen.

Er werd druk gepraat. Iedereen had het over hetzelfde: er was opnieuw een koets overvallen, dit keer op de weg naar Apeldoorn.

Stef gaf zijn oren goed de kost.

Zo te horen hadden de rovers de hele koets leeggehaald en waren ze spoorloos in het donker verdwenen. Zelfs de dure kleren van de reizigers waren afgepakt.

Toen de soldaten de koets hadden gevonden, zaten de slachtoffers in hun hemd tegen elkaar aan te kleumen.

De landheer was woedend en had gezworen dat hij de rovers nog voor het einde van de winter te pakken zou krijgen.

'Ik heb gehoord dat de rovers dwars door muren kunnen lopen,' hoorde Stef een oude stroper zeggen.

'Dat komt omdat ze hun ziel aan de duivel hebben verkocht,' fluisterde een oude man terwijl hij een kruis sloeg.

'Het is niet pluis op de heide,' zei een andere stroper. 'Ik heb vreemde muziek gehoord bij de oude molen. In het holst van de nacht! Er dansen daar 's nachts heksen, ik weet het zeker!'

Stef dacht aan de oude molen en schrok op van de wind, die opeens hard om de herberg begon te waaien. Het leek wel alsof hij door de kieren naar binnen probeerde te komen. Vanuit de schoorsteen klonk een akelig gehuil en het vuur maakte vreemde bewegingen. De dansende schaduwen op de muur deden hem aan spoken denken. En aan de heksen bij de oude molen. Hij zou voor geen goud 's nachts die plek durven te bezoeken.

De regen plensde op het dak en de donderslagen werden steeds harder.

Stef dacht aan Marko. Je zou maar buiten moeten slapen tijdens zo'n nacht!

'Luister!' zei zijn moeder opeens.

Buiten klonk het gerammel van een naderende koets.

'Er zou vanavond toch geen koets mccr voorbijkomen?' vroeg Stef.

Zijn vader was met een kruik bier in zijn hand stil blijven staan. Zo te zien had hij het geluid ook gehoord.

Hij schudde zijn hoofd. 'Nee, volgens mij niet.'

Ze konden nu het gehinnik van een paard horen.

Zijn vader zette de kruik op een tafel en liep langzaam naar de deur. Stef volgde hem nieuwsgierig.

Zo te horen was de koets voor de herberg stil blijven staan.

Stefs vader opende de deur en stapte naar buiten.

Een dure koets stond op het modderige erf.

Op de zijkant was met verweerde goudverf een familiewapen geschilderd.

De koetsier, een brede kerel met een zweep in zijn hand, sprong zonder iets te zeggen van de bok en opende de deur van de koets.

Een deftig uitziende heer stapte uit. Hij keek nors omhoog naar de regen die op hem neerviel.

Het leek wel alsof hij vond dat hij veel te voornaam was om beregend te worden.

'De landheer!' fluisterde Stef. 'Wat doet die hier nou?'

Vader liep snel op zijn deftige gast af en nodigde hem uit om naar binnen te komen.

Aan de blik te zien die de landheer op de herberg wierp, leek hij daar eigenlijk weinig zin in te hebben.

'Een van mijn wielen is onderweg beschadigd,' zei de koetsier tegen vader. 'Kan ik het repareren in jouw stal?'

'Natuurlijk,' zei vader snel. Hij wees naar een grote deur in een bijgebouw van de herberg. 'Ik zal de deur voor u openen.'

De landheer wandelde Stefs vader zonder een woord te zeggen voorbij en stapte de herberg binnen.

Stef liep achter hem aan, maar de landheer bleef in de deuropening staan. Hij keek streng de gelagkamer in.

Daar verstomden meteen alle gesprekken.

De hoge heer was niet zo geliefd in de omgeving. Stef had de gasten vaak genoeg over hem horen klagen.

Zijn vader, de oude landheer, was heel anders. Dat was een vriendelijke man die altijd bereid was geweest de armen te helpen.

Maar toen de oude landheer stierf, erfde zijn zoon het Berkenhuis en al het land dat erbij hoorde. Die zoon had in de grote stad gewoond en een paar jaar als officier in het leger gediend.

Daarom vond hij zichzelf eigenlijk veel te voornaam om in zo'n afgelegen uithoek te moeten wonen. En hij gaf helemaal niets om de mensen.

Stef was nu ook de herberg binnen gekomen en keek nieuwsgierig naar de landheer. Die liep langzaam door de kamer.

Stef had hem eigenlijk nog nooit van dichtbij gezien.

Hij was een lange, dunne kerel met een hoog voorhoofd. Zijn lange zwarte haren zaten vol grijze strepen en waren met een lintje in een staart gebonden. Vanonder twee borstelige wenkbrauwen keek hij om zich heen met kleine, donkere ogen. Onder zijn haakneus had hij een klein ringbaardje.

Stefs moeder had een paar seconden verstijfd naar hun voorname gast staan kijken. Nu kwam ze zenuwachtig op hem af gelopen. Ondertussen veegde ze haar handen droog met een doek.

'Welkom, uwe... eh...' Ze wist niet zo goed hoe je een landheer moest aanspreken. 'Als u mij uw mantel geeft, kunt u zich opwarmen bij het vuur,' zei ze snel.

De landheer keek haar even aan.

Toen nam hij de zwarte mantel die om zijn schouders hing af en gaf hem aan Stefs moeder. De kleren die hij eronder droeg, zagen er duur uit. Onder zijn riem was een pistool gestoken en aan zijn zijde hing een degen.

De landheer wandelde met een verveelde blik in de richting van de schouw. Hij had nog steeds niets gezegd.

'Wilt u misschien iets drinken?' vroeg moeder.

Zwijgend keek de landheer naar de twee oude mannen die bij de haard zaten te drinken. Die stonden snel op en gingen ergens anders zitten.

De landheer liet zich neerzakken op de vrijgekomen houten bank en warmde zijn handen bij het vuur.

In de donkerste hoek van de herberg probeerden de stropers snel de hazen die ze bij zich hadden onder de tafel te verbergen.

'Ik zou eigenlijk best een beker wijn lusten,' zei hij. 'Maar de wijn die in zo'n armoedige stal als deze geschonken wordt, zal wel niet eens goed genoeg zijn voor mijn paarden.'

Hij lachte vals. 'Geef me maar een kroes bier.'

Stefs moeder liep terug naar de toog, haar lippen strak op elkaar geperst. Stef zag dat de botte woorden haar hadden gekwetst.

De voordeur ging open en vader stapte binnen. 'Uw koetsier zegt dat het hem zeker een uur gaat kosten om het wiel te repareren.'

De landheer zuchtte en nam een slok van het bier dat moeder hem had gebracht.

'Wilt u intussen misschien iets eten?' vroeg Stefs vader.

'Hier iets eten?' snauwde de landheer. 'Wat, gestroopte hazen of zo?'

Achter in de herberg verbleekten de stropers en de landheer grijnsde even. 'Nee, bedankt. Ik heb geen zin om doodziek te worden!'

Stef zag nu ook zijn vaders gezicht straktrekken. Als een gewone gast zich zo onbeschoft had gedragen, was hij allang de herberg uitgesmeten, storm of geen storm.

Maar dit was de landheer. Daar moest je beleefd tegen blijven, hoe onbeschoft hij zelf ook was.

'Hoe gaat het met de jacht op de rovers?' vroeg zijn vader opeens.

Om hem heen keken de gasten elkaar nerveus aan. Iedereen wist dat de landheer er maar niet in slaagde de rovers te pakken te krijgen.

De landheer keek Stefs vader heel even boos aan, maar leek zich toen in te houden.

'Binnen een maand hangt al dat gespuis aan de galg,' mompelde hij. 'Het zijn gewoon een stelletje ordinaire heidenen die de overvallen plegen. Zigeuners, zoals altijd.'

Hij nam een slok van zijn bier. 'Het zal niet lang meer duren voor ik hun schuilplaats vind en dan zal het gedaan zijn met dat roven en plunderen.'

'Denkt u echt dat het zigeuners zijn?' vroeg Stefs vader. 'Het is wel erg gemakkelijk om vreemdelingen de schuld te geven als de echte daders ongrijpbaar blijven.'

Alle ogen in de herberg richtten zich opeens op zijn vader. Iedereen wist dat hij te ver was gegaan.

Het gezicht van de landheer werd knalrood en hij opende zijn mond, maar op dat moment ging de voordeur open en de koetsier stapte binnen.

'Ik heb hulp nodig in de stal,' zei hij.

De landheer wendde zijn blik weer af en ging in het vuur zitten staren.

'Stef, help jij de koetsier even in de stal?' vroeg Stefs vader.

Stef liep snel naar de stal die naast de herberg lag. Hij hield zijn handen boven zijn hoofd tegen de harde regen.

'Het kapotte wiel moet eraf,' zei de koetsier. Het paard stond rustig te eten uit een zak haver die om zijn hoofd was gehangen. 'Ik zal de koets optillen terwijl jij het wiel lostrekt.'

Stef pakte het grote houten wiel stevig vast. Ondertussen tilde de koetsier met een heleboel gezucht en gesteun de koets een paar centimeter van de grond.

Stef gaf een flinke ruk en het wiel schoot los.

De koetsier liet de koets zakken en liep fronsend naar het wiel. Hij bekeek het aandachtig, zonder Stef te bedanken voor zijn hulp.

'Graag gedaan,' mompelde Stef.

De koetsier keek nors op.

'Hou je grote mond!' zei hij. Hij boog zich weer over het wiel, waarin een grote barst zat.

Stef kreeg een rood hoofd en wilde de stal uit stampen, maar bleef toen stilstaan.

Hij keek verbaasd naar het wiel.

Zo te zien was het al eerder gerepareerd en vaak ook.

Waarom zou de landheer niet gewoon een nieuw wiel kopen? Met zo veel gerepareerde barsten in het hout was het niet zo gek dat het steeds opnieuw kapotging.

Hij fronste en liep terug naar de herberg.

Waarschijnlijk was de landheer gewoon een gierigaard.

De roverhoofdman

De volgende morgen was Stef op het erf bezig met het wegvegen van dode bladeren.

Zijn ouders wilden dat de herberg er netjes uitzag voor gasten, zelfs aan de buitenkant. Het was al een tijdje geleden dat de laatste bladeren van de bomen waren gevallen, maar de storm had er een heleboel naar hun erf geblazen.

Hij was bijna klaar met zijn karwei toen hij in de verte opeens een koets zag naderen.

Stef herkende de koets van de landheer. Durfde die zijn gezicht hier nog te laten zien?

Zo gauw de koetsier de vorige avond klaar was geweest met het wiel, was de landheer zonder een woord te zeggen vertrokken. En hij had niet eens zijn bier betaald. Daar was zijn vader misschien nog wel het kwaadst om.

De koets kwam rammelend het erf op gereden en de koetsier hield vlak voor Stef halt. Zo te zien had hij hard gereden, want de paarden waren bedekt met zweet. Hun hete adem maakte wolken in de koude lucht.

Stef bleef zwijgend staan wachten. Zijn vader had hem geleerd om gasten welkom te heten, maar in Stefs ogen waren de landheer en zijn botte koetsier helemaal niet welkom.

De koetsier keek hem zwijgend aan en grabbelde in de zak van zijn lange jas.

Hij haalde een opgevouwen stuk papier tevoorschijn

en gooide het voor Stefs voeten op de grond.

'Brief voor je vader,' mompelde hij.

Toen klapte hij met zijn zweep boven de hoofden van de paarden, keerde de koets en ging er in volle galop vandoor.

Stef raapte verbaasd de brief op. Hij kon niet zo goed lezen, maar hij herkende de naam van zijn vader.

Snel draaide hij zich om en liep naar binnen om de brief af te geven.

'Wat schrijft hij?' vroeg Stef nieuwsgierig.

Zijn vader schudde zijn hoofd, alsof hij het allemaal niet kon geloven. 'Hij zegt dat het hem spijt dat hij vergeten is zijn bier te betalen. En dat het bier hem zo goed heeft gesmaakt dat hij een paar vaten wil bestellen.'

Dat was niet zo raar. Stefs vader brouwde achter in de herberg zijn eigen bier en iedereen in de omgeving was het erover eens dat het heerlijk smaakte. De plotselinge vriendelijkheid van de landheer was veel vreemder.

'Misschien was hij gewoon in een slechte bui tijdens de storm,' stelde Stefs moeder voor. 'Door dat rotweer en zijn kapotte wiel.'

Zijn vader knikte. 'Dat zal het wel zijn geweest. Het valt me in ieder geval flink van hem mee.'

Hij legde zijn handen op de schouders van Stef en keek hem aan.

'Ik wil dat jij morgen met de kar naar het Berkenhuis gaat om de biervaten af te leveren.'

De zon was nog maar net op toen Stef de volgende ochtend voor op de kar klauterde.

Als een rode bol hing hij aan de horizon en lichtte zwakjes de nevelslierten op die over de heide gleden.

Het zou een lange reis worden, en eigenlijk had hij beter wat vroeger kunnen vertrekken, maar zijn moeder wilde niet dat hij in het donker over de heide reed.

Vooral niet met de vaten bier die hij samen met zijn vader achter op de kar had geladen. Dat zou veel te aantrekkelijk zijn voor rovers.

Zijn ouders zwaaiden hem uit en even later reed hij over het zandpad dat over de verlaten heide in de richting van het Berkenhuis kronkelde.

Het was nu al duidelijk dat het geen leuke reis zou worden. De wind was ijzig koud en voor op de kar had hij helemaal geen beschutting. Zijn handen en voeten voelden al snel aan als ijsklompen en begonnen pijn te doen. De handschoenen die hij droeg, maakten weinig verschil. Hij probeerde zijn handen warm te houden onder zijn oksels, maar het was moeilijk om op die manier de kar te besturen. Hij blies dus maar zo vaak mogelijk warme adem in zijn handschoenen. Maar al snel voelde zelfs zijn adem koud en zijn vingers begonnen gevoelloos te worden.

In elkaar gedoken keek hij om zich heen.

Stef vond de Veluwe altijd een beetje geheimzinnig in de herfst en winter. In de zomer waren de heide en de uitgestrekte bossen fijne plekken. In de vele vennetjes kon je lekker zwemmen, waarna je jezelf vol kon eten met de zwarte bessen die op de heide groeiden.

Maar tegen het einde van het jaar, als de dagen korter werden en de nachten langer, leek het wel alsof er een diepe schaduw over de Veluwe viel.

'De Vale Ouwe' noemden de oude mensen de Veluwe, alsof het een levend wezen was. Bij het haardvuur, met de deur stevig op slot, werden tijdens de lange winteravonden verhalen verteld.

Over boze geesten die tijdens stormachtige nachten door de lucht reden, of over dwaallichtjes die argeloze reizigers het moeras in lokten.

Stef trok rillend zijn kraag wat verder omhoog en staarde naar de horizon. Er was niets te zien dan eindeloze heide onder een grijze lucht.

'Goedemorgen!'

Stef schrok zo erg van de stem dat hij met een ruk aan de teugels trok.

Marko was uit de struiken naast het pad tevoorschijn gekomen. Hij zag er even vrolijk uit als de vorige keer dat ze elkaar hadden ontmoet. Toch kon Stef zien dat hij het koud had. Zijn neus en oren waren rood en hij had zijn mantel stevig om zijn schouders getrokken.

'Je liet me schrikken!' zei hij.

Marko lachte en kwam naar hem toe gelopen. 'Dacht je dat ik een rover was?' vroeg hij breed grijnzend.

Stef keek hem even aan. Hij herinnerde zich de roddels die hij af en toe in de herberg hoorde over stelende landlopers.

Marko keek gekwetst. 'Wat? Denk je soms echt dat ik een rover ben?'

Stef probeerde gauw zijn gezicht strak te trekken. 'Eh... nou, nee...'

Marko lachte weer. 'Wees maar niet bang, hoor! Ik ben geen rover! Ik zweer het op het graf van mijn vader en moeder, al moet ik toegeven dat ik niet weet waar hun graf is.'

Hij klom op de kar en ging naast Stef op de bok zitten. 'Nu ik het zeg; ik weet eigenlijk niet eens of mijn vader dood is of nog leeft. Maar ik ben er vrij zeker van dat mijn moeder ergens in de buurt van Valkenburg begraven is.'

Stef zat hem verbaasd aan te kijken, maar Marko leek niets door te hebben.

Hij bleef gezellig doorkletsen, alsof ze de beste maatjes waren. Hij keek naar de biervaten en grijnsde. 'Nou, we hoeven onderweg in elk geval geen dorst te lijden!'

'Die vaten zijn voor de landheer,' zei Stef. 'Ik moet ze afleveren.'

Marko keek hem verrast aan. 'Nou nog mooier!' zei hij lachend. 'Ik vond het al zo aardig dat je me een lift over de heide aanbood, maar nu ga je ook nog eens precies naar de plek waar ik heen wil.' Hij grijnsde. 'Dit is vast een van mijn geluksdagen. Die heb ik zo heel af en toe wel eens. Ik weet nog dat ik in Arnhem was en een vette gans had ge... eh... geleend van een boer. Hij kwam me achterna, maar...'

'Waarom wil je naar de landheer?' vroeg Stef. Hij wist niet waarom, maar er was iets aan de landloper wat hij leuk vond. Misschien was het zijn vrolijkheid, die de kilte van de Veluwe leek te verdrijven.

'Waarom?' vroeg Marko. 'Nou... eh... daar heb ik zo mijn redenen voor.'

Even bleef het stil tussen hen.

Stef pakte de teugels vast en het paard begon weer te lopen.

Een paar minuten lang bleef Stef fronsend voor zich uit kijken. Hij begon eraan te twijfelen of hij Marko wel mee moest nemen. Misschien wilde hij de landheer gaan bestelen!

Marko leek zijn gedachte te lezen.

'Ik heb je al gezegd dat ik geen rover ben,' zei hij. 'Maar als je zo geïnteresseerd bent in rovers, heb ik een interessant nieuwtje voor je. Maar je moet wel zweren dat je het geheim houdt.'

Stef was te nieuwsgierig om nee te zeggen. 'Ik zweer het,' zei hij.

Marko keek hem even zwijgend aan. Zo te zien twijfelde hij eraan of hij Stef in vertrouwen kon nemen. Toen knikte hij. 'Ik geloof dat jij wel te vertrouwen bent.'

Hij keek even om zich heen. Er was in de verste verte niemand te bekennen.

'Als er iemand een dief is, is het die fraaie landheer van jullie,' zei hij toen.

Het Berkenhuis

'Hoelang denk je dat we onderweg zullen zijn?' vroeg Marko met zijn mond vol brood.

Stef keek verveeld naar de billen van het paard, dat rustig over het pad sjokte. Paarden leken het nooit koud te hebben.

'Nog een paar uur, denk ik,' zei hij. 'Het Berkenhuis is aan de andere kant van de heide.'

Marko mompelde iets onverstaanbaars en keek verveeld om zich heen.

Erg veel was er niet te zien.

Af en toe kwamen ze voorbij een zandverstuiving en dan blies de wind het zand in hun ogen.

Het enige geluid dat ze hoorden was het gerammel van de kar.

Af en toe reed de kar door stukken bos. De kale takken leken dan naar hen te grijpen vanuit de schaduwen. Opnieuw viel het Stef op dat alles er zo anders uitzag in de winter. Plekken waar hij zich in de zomer prima thuis voelde, waren opeens onherkenbaar.

Stef had weinig zin om de landheer te ontmoeten. Toch was hij opgelucht toen ze aan het begin van de middag zijn huis aan de horizon zagen verschijnen.

Het Berkenhuis stond een eindje buiten het dorp, aan de rand van de heide.

Zijn vader had hem wel eens verteld dat het vroeger een prachtig landgoed was geweest, vol fruitbomen en met een fraai park. Maar de huidige landheer was zo op geld belust dat hij grote stukken van het land had verkocht.

De rest van zijn landgoed liet hij verwaarlozen, net als zijn ooit zo mooie huis.

Toen Stef en Marko het erf op reden, keken ze nieuwsgierig rond.

Het was doodstil en er was niemand te bekennen. Het huis zag er troosteloos en verweerd uit. Het lag half verborgen achter grote berkenbomen die diepe schaduwen over de voorgevel wierpen. Het Berkenhuis paste prima bij de grijze heide waarover het somber uit leek te kijken.

Achter de met klimop overwoekerde ramen was het pikdonker. Stef kon nauwelijks geloven dat hier iemand woonde.

Hij sprong van de kar en landde met een plof op de met dode bladeren bezaaide grond.

'Hier hoeft blijkbaar niemand bladeren op te vegen,' mompelde hij.

Zijn botten voelden stijf na al die uren stilzitten in de ijzige kou, en zijn vingers waren gevoelloos.

Hij keek naar de donkere ramen. 'Misschien ligt hij nog in bed. Mijn vader zegt altijd dat deftige mensen pas erg laat opstaan.'

Hij moest moed verzamelen om op de voordeur af te lopen. Marko's verhaal over de landheer die de leider van de rovers zou zijn, spookte nog steeds door zijn hoofd.

'Ik ga aankloppen,' zei hij.

Marko bleef op de kar zitten wachten terwijl Stef zo hard mogelijk op de deur bonsde.

Het hout was zo dik dat het wel leek alsof hij op een stevige muur klopte. Zou iemand hem kunnen horen?

'Vollûk!' riep Marko met zijn handen aan zijn mond.

Stef keek boos om. 'Sstt!'

Terwijl hij naar Marko keek, hoorde hij opeens vanachter de deur een gerammel van sloten.

De deur ging krakend open.

Stef draaide zich om en zag de landheer zwijgend in de deuropening staan met een brandende kaars in zijn hand.

'We... eh...' begon hij, verlegen onder de strenge blik waarmee de heer hem aankeek. 'Goedendag,' wist hij uit te brengen. 'Wij komen het bier brengen dat u bij mijn vader heeft besteld.'

'Maar natuurlijk!' zei de landheer opeens. Zijn gezicht leefde op. 'Welkom, beste jongens!'

Zo veel vriendelijkheid was wel het laatste wat Stef had verwacht en hij schrok dan ook flink.

Hij keek verbaasd om naar Marko, die net van de kar was geklommen.

'Zo'n lange reis, helemaal alleen over de heide!' zei de landheer. 'En in die verschrikkelijke kou!'

Hij opende de deur en stapte opzij. 'Kom binnen.'

Stef en Marko liepen zwijgend het donkere huis binnen, waar het niet veel warmer bleek dan buiten.

De landheer sloot de deur achter hen en leidde hen door een schemerige gang.

Hier en daar zaten barsten in de muur en strenge

gezichten staarden hen na vanaf stoffige portretten. Alles zag er zo verwaarloosd uit dat Stef Marko's verhaal steeds meer begon te geloven.

De landheer opende een kleine deur. Ze volgden hem een keuken in die eruitzag alsof hij nog nooit gebruikt was.

Dikke spinnenwebben en een flinke laag stof bedekten een stenen schouw en een paar oude kasten. Een klein raampje liet wat daglicht binnen. Het raam was alleen zo vies dat het erg schemerig bleef in de keuken.

De landheer liep naar een deur achter in de keuken en haalde een sleutel uit zijn zak.

'Dit is mijn voorraadkelder,' zei hij. 'Ik wil dat jullie de

biervaten hiernaartoe brengen. Laat het me maar weten als jullie klaar zijn.'

Hij opende de kelderdeur, liep de keuken uit en verdween achter een deur die dieper het huis in leidde.

Stef en Marko bleven alleen in de schemerige keuken achter.

'Laten we maar beginnen,' zei Stef en hij zuchtte. 'Hoe eerder we hier weg zijn, hoe liever.'

'Heeft hij geen bedienden om dit klusje op te knappen?' vroeg Marko.

Stef schudde zijn hoofd. 'Nee. Iedereen weet dat hij daar te gierig voor is. Hij heeft alleen een koetsier, maar die woont in het dorp.'

'Ik wil eerst even rondneuzen,' fluisterde Marko. 'Misschien vinden we wel bewijs.' Zijn ogen schoten op en neer door de keuken.

Stef haalde zijn schouders op. 'Dat lijkt me niet zo slim. Hij is nog steeds thuis.'

Marko fronste.

'Kom,' zei Stef en hij trok Marko mee de gang in. 'We zullen onze ogen goed de kost geven tijdens het werken.'

Samen liepen ze naar buiten en maakten de touwen los waarmee de biervaten op de kar waren vastgebonden.

Met veel moeite wisten ze een vat op te tillen en op de grond te zetten. Daarna rolden ze het naar het huis.

Toen ze het vat eindelijk de keuken in hadden gekregen, opende Stef de deur naar de voorraadkelder.

De moed zakte hen in de schoenen toen ze naar beneden keken.

De kelder was dieper dan ze hadden verwacht. Een

lange houten trap leidde naar beneden en verdween in een inktzwarte duisternis.

'Het is toch wel erg veel werk voor een paar boterhammen,' mompelde Marko.

Stef grinnikte. 'Misschien krijg je nog wel wat meer van mijn vader als we weer terug in de herberg zijn. Minstens een bord warm eten en een bed voor de nacht.'

Marko's gezicht leefde op. 'Dat klinkt goed! Ik heb nog nooit in een echt bed geslapen.'

Stef keek hem even verbaasd aan. Nog nooit in een bed geslapen? Misschien was het zwerversleven toch niet zo vrolijk als hij wel eens had gedacht.

Samen tilden ze zuchtend het vat op en droegen het voorzichtig via de trap naar beneden.

Daar zetten ze het met moeite neer op de ijskoude vloer van de donkere kelder.

'En dat was nog maar het eerste vat,' zei Stef terwijl hij puffend stond uit te rusten.

Het duurde meer dan een uur voor ze eindelijk het laatste vat in de kelder hadden neergezet. Stef had het zo warm gekregen dat hij de winterkou buiten helemaal was vergeten.

Tot ze de trap op liepen en hij een blik door het vieze keukenraam wierp.

'We moeten haast maken als we voor het donker thuis willen zijn,' mompelde hij.

Marko knikte alleen maar. Zijn ogen schoten nog steeds onvermoeibaar op en neer. Hij nam ieder hoekje van het huis goed in zich op.

36

Stef klopte voorzichtig op de deur waarachter ze de landheer hadden zien verdwijnen.

'Kom binnen,' klonk een gedempte stem.

Stef opende de deur. Ze liepen een schemerige huiskamer in die er lang geleden erg mooi moest hebben uitgezien. Nu bedekten dikke spinnenwebben de schilderijen aan de muur en de rode gordijnen waren aangevreten door ongedierte.

Helemaal achter in de kamer brandde in een grote open haard een flink vuur.

Vlak bij het vuur, in een oase van licht en warmte in de donkere kamer, zagen ze de landheer. Hij zat diep weggezonken in een luie stoel te lezen, zijn voeten op een bankje.

Hij legde zijn boek op de grond en stond op.

'Zijn jullie klaar?' vroeg hij terwijl hij zich uitrekte.

Stef knikte. 'Alle vaten staan in de kelder.'

De landheer knikte tevreden. 'Mooi zo. Tegen welke muur hebben jullie ze gezet?'

Stef voelde nattigheid en keek vanuit zijn ooghoek naar Marko.

'Tegen de linkerkant,' zei hij voorzichtig.

De landheer schudde zijn hoofd. 'Jullie hadden ze tegen de rechtermuur moeten zetten. Achter in de kelder.'

Had hij dat niet eerder kunnen zeggen? dacht Stef.

Hij wierp een bezorgde blik op een van de ramen, waarachter het licht nu steeds vager werd. Hij wilde niet door het donker over de Veluwe reizen, dat was veel te gevaarlijk!

De landheer liet zich met een plof achterover in zijn stoel vallen en pakte zijn boek op.

'Als jullie klaar zijn, kunnen jullie me hier vinden,' zei hij.

Stef keek hem sprakeloos aan.

Dit kon hij toch zeker niet menen?

Maar ze hadden weinig keus.

Met lood in hun schoenen liepen ze terug naar de kelder en begonnen de zware vaten een voor een naar de andere kant van de kille ruimte te verplaatsen.

Toen ze hijgend en puffend het derde vat hadden verplaatst, trok Marko opeens aan Stefs mouw. 'Kijk hier eens!' fluisterde hij.

'Wat?' vroeg Stef. Hij was uitgeput en wilde gewoon zo snel mogelijk klaar zijn.

Marko zat bij de stenen muur die zojuist was vrijgekomen. Hij tuurde gespannen naar een grote vierkante steen. 'Deze steen zit los,' fluisterde hij.

'Nou en?' vroeg Stef. 'Help me met sjouwen!'

Marko probeerde zijn vingers om de losse steen te krijgen om hem uit de muur te trekken, maar dat lukte niet. 'Het zou me niet verbazen als die schurk hier zijn buit verstopt,' mompelde hij.

Stef keek zenuwachtig naar de trap. Alles was stil in het huis. 'Als dat zo is, kun je er beter van afblijven,' zei hij. 'Als hij ons zou betrappen...'

Hij rilde.

Marko stond met tegenzin op en wandelde naar het volgende vat. Terwijl ze het verplaatsten, gleden zijn ogen steeds opnieuw naar de losse steen.

Toen ze eindelijk klaar waren, zat de landheer nog steeds te lezen. De schaduwen waren veel dieper geworden.

'We zijn klaar,' zei Stef. Hij probeerde zijn stem vriendelijk te houden, maar de zenuwen raasden door zijn lijf.

De landheer knikte en legde zijn boek weg.

Met een glimlach op zijn gezicht stond hij op en liep naar een kistje dat op een antieke tafel stond. Hij opende het deksel en nam er een zakje uit.

'Hier is het geld voor de biervaten,' zei hij, en hij gaf het aan Stef. 'Met een beetje extra voor het bier dat ik onlangs ben vergeten te betalen.'

Hij grabbelde in het kistje en haalde er een paar losse

gouden munten uit. 'En deze zijn voor jullie,' zei hij. 'Als dank voor al het werk dat jullie verricht hebben.'

Stef en Marko namen het geld dankbaar aan en stopten het in hun zakken.

'Dank u wel,' zei Stef.

Hij keek vanuit zijn ooghoek naar Marko. Zijn verhaal klopte dus toch niet helemaal. De landheer was niet zo arm als ze hadden gedacht.

'Het is gelukkig niet zo'n vervelende dag geworden als ik had verwacht.' Stef lachte terwijl ze op de kar klommen. 'Wie had dat verwacht van die gierigaard? En jij dacht dat hij een armoedzaaier was!'

Hij pakte de teugels vast en de kar zette zich rammelend in beweging.

Marko zat peinzend naar de goudstukken in zijn hand te kijken. 'En toch vertrouw ik hem niet,' zei hij. 'Maar daar denk ik vanavond wel verder over na. Met een volle buik.'

Een kille bries liet Stefs haar omhoogwapperen en hij keek naar de Veluwe, die dreigend aan de horizon lag. De lucht was nu donkergrijs.

De lach verdween van zijn gezicht.

'Het is veel te laat geworden,' zei hij zenuwachtig. 'Ik ben bang dat we door het donker over de heide zullen moeten.'

De gemaskerde mannen

De schemering werd op de Veluwe vaak 'tussen twee lichten' genoemd, omdat het zonlicht al was verdwenen en het maanlicht nog moest opkomen.

Er was altijd iets spookachtigs aan de winterschemering, maar de wind die deze avond om hen heen blies maakte alles nog erger dan anders.

Stef begon bijna te geloven dat er jammerende stemmen naar hen riepen vanuit de donkere bossen aan de rand van de heide.

De jongens zaten zwijgend voor op de kar. Ze maakten zichzelf zo klein mogelijk tegen de snijdende wind. Het hielp niet veel. Ze hadden het algauw ijzig koud.

Ze waren nog geen uur onderweg en het laatste beetje daglicht begon in een zwakke goudgele streep aan de horizon te verdwijnen. Nog even en ze zouden geen hand voor ogen meer kunnen zien totdat de maan opkwam.

'Kunnen we niet ergens schuilen voor de nacht?' vroeg Marko.

Stef schudde zijn hoofd. 'Nee, we hebben de laatste boerderij al drie kwartier geleden achter ons gelaten. Er woont hier niemand.' Hij draaide zijn hoofd naar Marko. 'Ik dacht dat jij eraan gewend was om de nacht buiten door te brengen?'

Marko grinnikte en probeerde zijn handen te verwarmen door ze tegen elkaar te wrijven. 'Ja, maar dan lig ik